Soldadinho de chumbo

CLEOBERY BRAGA

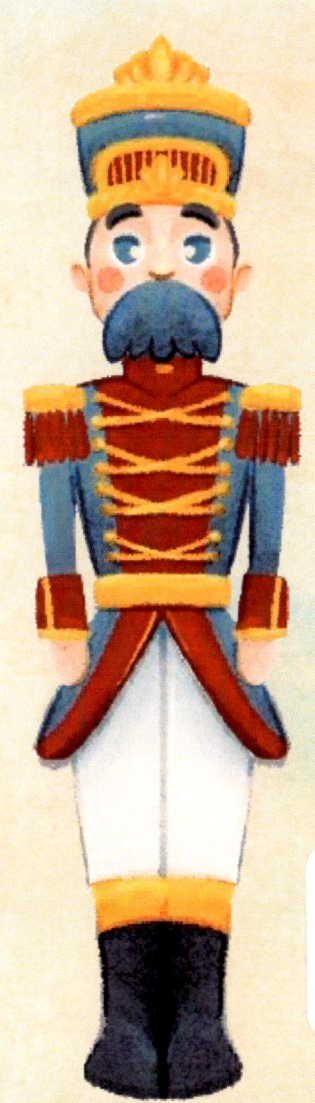

Lurinha

GERENTE EDITORIAL
Roger Conovalov

COORDENADOR EDITORIAL
Stéfano Stella

DIAGRAMAÇÃO
André Barbosa

REVISÃO
Hanne Krempi

ILUSTRAÇÕES E CAPA
Ananda Ferreira

Copyright © Cleobery Braga – 2024

Lura Editoração Eletrônica LTDA
LURA EDITORIAL – 2024
Alameda Terracota, 215. Sala 905
São Caetano do Sul, SP – CEP 09531-190
Tel: (11) 4318-4605
E-mail: contato@luraeditorial.com.br
Site: www.luraeditorial.com.br

Dados Internacionais de Catalogação na Publicação (CIP)
(Câmara Brasileira do Livro, SP, Brasil)

Braga, Cleobery
　　Soldadinho de chumbo / Cleobery Braga -- 1ª edição.
-- São Paulo: Lura Editorial, 2024

ISBN: 978-65-5478-106-0

1. Literatura infantojuvenil 2. Ficção
I. Título.

CDD: B869.3

Índice para catálogo sistemático:

1. Literatura infantojuvenil 028.5

www.luraeditorial.com.br

Todos os direitos reservados. Impresso no Brasil.

Nenhuma parte deste livro pode ser utilizada,
reproduzida ou armazenada em qualquer forma ou meio,
seja mecânico ou eletrônico, fotocópia, gravação etc.,
sem a permissão por escrito da editora.

Soldadinho de chumbo

CLEOBERY BRAGA

ILUSTRADO POR ANANDA FERREIRA

Solom é militar, sargento do Exército, casado com Noha e pai de Cassio, de 8 anos, e Tito, de 7, duas crianças que adoram brincar com seus soldadinhos de chumbo, que dizem serem, como o pai, "defensores dos mais fracos". A mãe é quem compra os soldadinhos, que têm características diferentes para os dois filhos: os soldadinhos de Cassio são azuis; os de Tito, verdes.

O pai ensina como perfilar os soldados e as armas que possuem. As crianças gostam de brincar com os soldadinhos e até dão nomes para eles. Elas sentem orgulho de seus soldadinhos, que têm roupas iguais às do papai. Sabem que os militares defendem as pessoas e a pátria, e que esta é uma profissão perigosa. Noha sempre conversa com as crianças dizendo que elas devem se orgulhar do trabalho do pai e da pátria em que nasceram.

Os soldadinhos já são numerosos, tanto os azuis como os verdes, e a mãe também compra as cabanas e os carros, os tanques de guerra, vários apetrechos que formam um batalhão, tem até cavalaria. Noha encontra esses soldadinhos na feira livre de domingo, que se forma na praça da Matriz, onde são vendidos objetos antigos e de coleção.

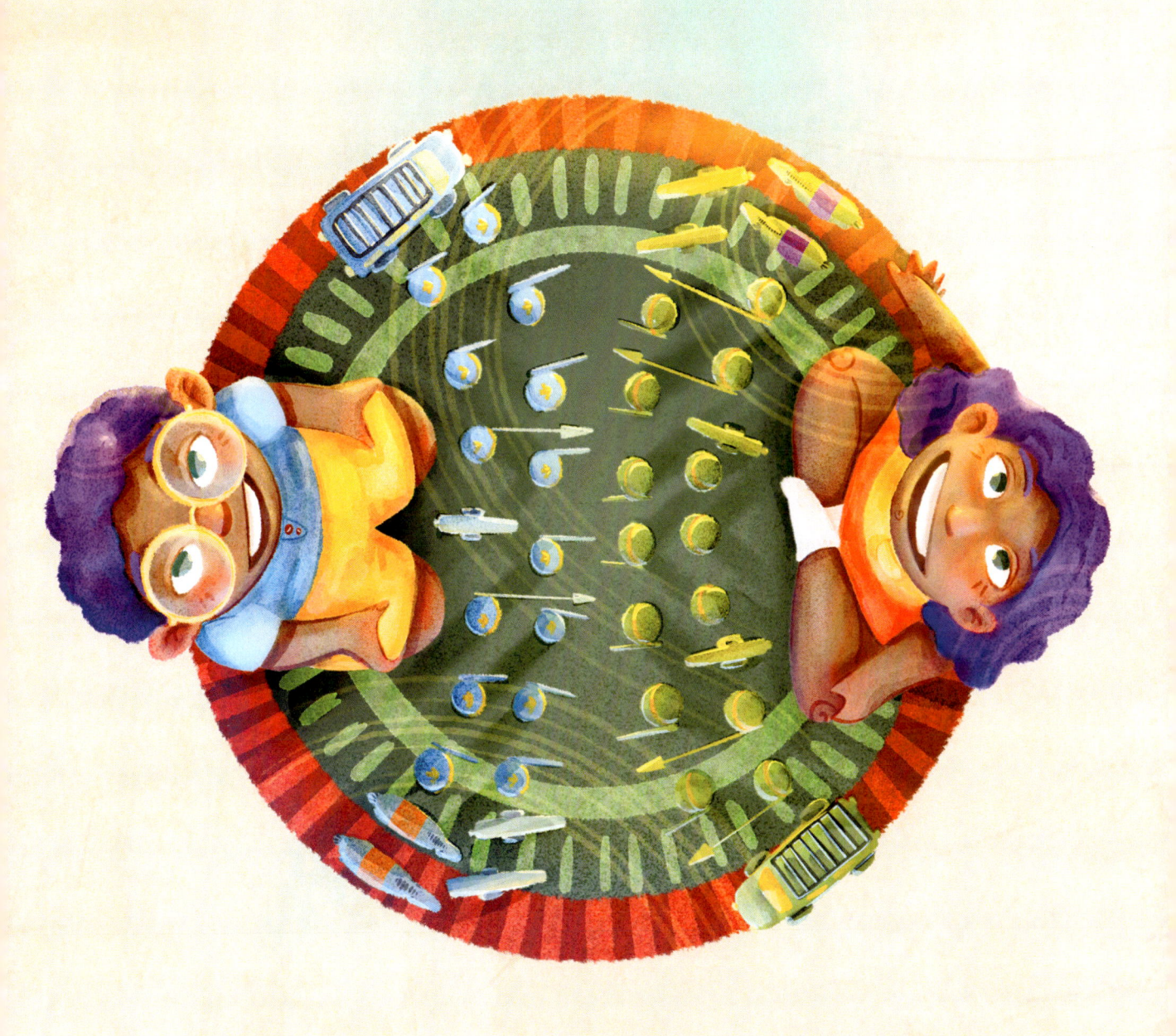

As crianças participam da compra e escolhem seus combatentes. Já formaram dois exércitos, um verde e um azul, e delimitaram o campo de batalha, ajudados por Solom, que entende de estratégia de guerra. As crianças sempre tiveram curiosidade de saber como apareceram os soldadinhos de chumbo.

Solom conhece a lenda e explica como os soldadinhos apareceram:

O soldadinho de chumbo é um conto de fadas escrito por Hans Christian Andersen e publicado pela primeira vez em 1838. A história mostra a luta que cada pessoa passa, inclusive as crianças. A moral desse conto está em mostrar que, mesmo com todos os obstáculos que passamos, devemos ter esperança e continuar seguindo nossos sonhos. As crianças não entendem muito bem; querem é se divertir fazendo guerra entre seus soldados.

Preparado o campo de batalha, os pelotões arrumados um de frente para o outro, os soldados azuis seguem em carros tanques e os verdes vêm a cavalo, eles se enfrentam e há algumas perdas com soldados caídos, carros virados e cavalos no chão. O "forte", onde o pelotão verde se esconde, é invadido pelos tanques de guerra dos soldados azuis, que reagem com tiros de fuzil. Há uma explosão no "forte", com perdas para os dois lados.

Os soldados estão caídos e a sirene toca. As crianças encerram a guerra e arrumam os soldados para a nova batalha. Assim, brincam e aprendem defesa e estratégia de guerra. Às vezes, Solom entra na brincadeira e organiza a estratagema da briga entre os pelotões verde e azul. Para que não haja briga entre as crianças, a brincadeira acaba em empate.

A coleção de soldadinhos, tanto verdes como azuis, com forte, carros, tanques de guerra, cavalos, armas, cabanas, fuzileiros, sargentos, cabo de infantaria, atirador de elite, capitão de cavalaria, tenda de hospital, soldados de artilharia, cães de caça e outras imagens do exército configuradas em chumbo, já era considerável para a brincadeira das crianças.

No aniversário do Tito, ele ganhou de presente da Noha uma coleção completa de acampamento indígena, de chumbo.

A batalha agora será entre o exército azul e os indígenas, que estão do lado do exército verde. O campo de guerra está armado. Os soldados azuis enfrentam os indígenas, que estão cobertos pelos soldados verdes. São disparadas flechas, que acertam os soldados azuis, que caem. Os cães atacam os soldados verdes, que atiram bombas, enquanto os indígenas atiram pedras.

Há muitos soldados caídos, cavalos e cães no chão, os indígenas correram para o acampamento e se esconderam nas malocas. Não houve vencedor, e a guerra acabou. As crianças ficaram alegres com a brincadeira.

Solom explica que a brincadeira de guerra com os soldadinhos é divertimento; mas que as Forças Armadas, que são o Exército, a Aeronáutica e a Marinha, existem para defender um país, a pátria, de caráter permanente e regular, obedecendo a rígida disciplina e hierarquia. Defendem invasões por outros povos, evitam que haja exploração de madeira com desmatamento da floresta, e que levem minerais, como ouro, e pedras preciosas, como diamantes, embora.

Cassio e Tito já sabem ler, e o pai compra para eles revistas pedagógicas próprias para crianças, que explicam de maneira objetiva e clara as funções das Forças Armadas. Isso tudo para que, nas brincadeiras com os soldadinhos de chumbo, não fiquem dúvidas de que as guerras não são boas para nenhum lado, porque trazem mortes, tristeza e sofrimento para as famílias.

As crianças entenderam e agora programam desfiles militares, em que disputam quem se apresenta melhor. Os soldadinhos verdes marcham ao lado dos azuis. Os indígenas se vestem com plumas e penas, pintam-se com cores alegres, usam arco e flechas, montam os cavalos. Os cães ficam ao lado dos cavalos. Em dado momento, o Capitão se encontra com o Cacique e selam a paz fumando o "cachimbo da paz".

O domingo é esperado com ansiedade pelas crianças, que, acompanhando a mãe, vão à feira livre escolher e comprar soldadinhos de chumbo. Desta vez, escolhem uma banda de música completa, que irá à frente do desfile. Os soldadinhos ficam alegres com a banda musical e desfilam garbosamente com suas armas, seus carros, seus tanques, seus jipes e confraternizam com os indígenas.

Solom e Noha estão satisfeitos porque os meninos entenderam que a guerra é prejudicial para qualquer nação. Eles continuam brincando com seus soldadinhos de chumbo, mas usando a imaginação para o bem comum. Cassio e Tito estão entusiasmados com a postura militar e pedem para o pai explicar o que é hierarquia e disciplina, que leram nas revistas.

Solom diz que os militares têm deveres, como dedicação e fidelidade à pátria, honestidade e lealdade, cumprimento dos deveres e ordens, respeito aos símbolos nacionais, como a bandeira do Brasil, além de tratar os subordinados com dignidade. A hierarquia e a disciplina são a base institucional das Forças Armadas. A autoridade e a responsabilidade crescem com o grau hierárquico.

A banda de música é composta de soldadinhos de chumbo portando corneta, tambor, flauta, saxofone, clarinete, triângulo, pratos, bumbo e surdo. Um oficial é o regente e vai à frente. Nos desfiles programados, os soldadinhos se arrumam para seguir a banda, que, tocando músicas militares e festivas, marcham e dançam confraternizando uns com os outros, e, com os indígenas, participam das danças indígenas.

*COMPONENTES DAS FORÇAS ARMADAS:

AERONÁUTICA

Marechal do Ar
Tenente-Brigadeiro
Major-Brigadeiro
Brigadeiro
Coronel
Tenente-coronel
Major
Capitão do Ar
1º Tenente
2º Tenente
Aspirante a Oficial
1º Sargento
Cabo
Soldado

MARINHA

Almirante

Almirante de Esquadra

Vice-Almirante

Contra-Almirante

Capitão de Mar e Guerra

Capitão de Fragata

Capitão de Corveta

Capitão-Tenente

1º Tenente

2º Tenente

Guarda-Marinha

1º Sargento

Cabo

Marinheiro

EXÉRCITO

Marechal
General de Exército
General de Divisão
General de Brigada
Coronel
Tenente-coronel
Major
Capitão
1º Tenente
2º Tenente
Aspirante a Oficial
1º Sargento
Cabo
Taifeiro